ts,

Tornado
and
Sweep

Book 3

Tornado

y

Escoba

Libro 3

Tornado and Sweep

by

Dave Sargent

Illustrated by
Jane Lenoir

Ozark Publishing, Inc.
P.O. Box 228
Prairie Grove, AR 72753

Tornado
y
Escoba

por
Dave Sargent

Ilustrado por
Jane Lenoir

Traducido por
Miguel Zapata Ferreira

Ozark Publishing, Inc.
P.O. Box 228
Prairie Grove, AR 72753

F

Sar   Sargent, Dave
        Tornado and Sweep, by Dave Sargent. Illus. by
        Jane Lenoir.
        Ozark Publishing, Inc. 1994.
        41P. illus. (Tornado and Sweep Series)

        Summary: Tornado and Sweep head for
Mexico to find a herd of mustangs and a flock of sheep.

        1. Mustangs - Fiction 2. Dogs - Fiction I. Title.
II. Series.

ISBN Casebound 1-56763-125-8
ISBN Paperback 1-56763-126-6

Ozark Publishing, Inc.
P.O. Box 228
Prairie Grove, AR 72753
Ph: 1-800-321-5671

Printed in the United States of America

F

Sar   Sargent, Dave

Tornado y Escoba, por Dave Sargent. Illus. by Jane
Lenoir. Trad. por Miguel Zapata Ferreira
Ozark Publishing, Inc, 1994
    41P. Illus. (Tornado and Sweep Series)

    Resumen: Tornado y Escoba se dirigen a México
para buscar una manada de mustangs y un rebaño de ovejas.

    1. Mustangs - Fiction 2. Dogs - Fiction I. Title. II.
Series.

ISBN Casebound 1-56763-125-8
ISBN Paperback 1-56763-126-6

Ozark Publishing, Inc.
P.O. Box 228
Prairie Grove, AR 72753
Ph: 1-800-321-5671

Printed in the United States of America

Inspired by

my love of wild mustangs and border collie dogs.

Inspirado en

mi amor por los mustangs salvajes y
por los perros pastor collie.

Dedicated to

my three granddaughters, April,
Amber, and Ashley.

Dedicado a

mis tres nietas, April, Amber y Ashley.

Foreword

Tornado and Sweep head for Mexico to find a herd of mustangs and a flock of sheep.

Prefacio

Tornado y Escoba se dirigen a México para buscar una manada de mustangs y un rebaño de ovejas.

Contents

Contenido

Tornado
and
Sweep

Book 3

Tornado

y

Escoba

Libro 3

Chapter 1

Bound for Mexico

Tornado and Sweep stopped for the night and talked about where they should go. Sweep said, "Maybe we should try looking in some other part of the country. I haven't seen a single sheep."

Capítulo 1

Con destino a México

Tornado y Escoba se detuvieron a pasar la noche y conversaron sobre el sitio al cual deberían ir. Escoba dijo:

-Quizás deberíamos intentar buscar en otra parte del país. Yo no he visto una sola oveja.

LIBRARY
Twin Springs Elem. School

"I haven't seen a single mustang either," Tornado replied. "When I was young, my dad told me he took the herd to Mexico one time and there were a lot of mustangs there. Maybe we should go to Mexico."

"Where is Mexico?" Sweep asked.

-Yo tampoco he visto un solo mustang -replicó Tornado- cuando yo era joven, mi papá me contó que una vez había llevado la manada a México, y que ahí había muchos mustangs.

-¿Dónde queda México? -preguntó Escoba.

"It's a long way south of here," Tornado replied.

"No thanks!" Sweep declared. "I remember what the desert was like and I want no part of that."

"We don't have to go through the desert," Tornado said. "We can head southeast and go down through Texas. That's where I grew up, and I know where all the good places are to eat and drink."

-Está muy lejos, al sur de aquí -replicó Tornado.

-¡No, gracias! -declaró Escoba- recuerdo cómo es el desierto, y no quiero tener nada que ver con él.

-No tenemos que atravesar el desierto -dijo Tornado- podemos dirigirnos hacia el sureste y bajar por Texas. Es ahí donde crecí, y sé donde están todos los lugares buenos para comer y beber.

"What about rabbits and squir-rels? Are there very many of those in Texas for me to eat?" Sweep asked.

"Sweep, you have never seen rabbits as big as they are in Texas. Ground squirrels are as thick as flies, and there are prairie dogs and groundhogs and prairie chickens. You could get fat in Texas."

-¿Y qué hay de conejos y ardillas? ¿Hay muchos en Texas para que yo pueda comer? -preguntó Escoba.

-Escoba, tú nunca has visto conejos tan grandes como los que hay en Texas. Las ardillas de tierra son gordísimas y tan abundantes como las moscas, y hay marmotas de las praderas y marmotas americanas y chachalacas de las praderas. En Texas te podrías engordar.

"What is a prairie dog, a ground hog, and a prairie chicken?" Sweep asked.

"They are things that coyotes and wolves like to eat. I figure you like the same thing they do. They eat rabbits and ground squirrels all the time like you do," Tornado said.

"What about sheep? Are there any sheep in Mexico?" Sweep asked.

"I'm sure there are. We'll just have to find them," Tornado said.

"Well, I guess it wouldn't hurt to try Mexico. We're sure not having any luck here," Sweep answered.

So the two turned and headed southeast toward Texas, bound for Old Mexico.

-¿Qué son marmotas de las praderas, y marmotas americanas y chachalacas de las praderas? -preguntó Escoba.

-Son cosas que a los coyotes y lobos les gusta comer. Supongo que a ti te gustan las mismas cosas que a ellos. Ellos comen conejos y ardillas de tierra todo el tiempo, como tú -dijo Tornado.

-¿Y qué hay de ovejas? ¿Hay ovejas en México? -preguntó Escoba.

-Estoy seguro de que las hay. Sólo tendremos que encontrarlas -dijo Tornado.

-Bueno, me parece que no estará mal probar suerte en México. Aquí, evidentemente, no hemos tenido ninguna -contestó Escoba.

Así que los dos viraron y se dirigieron al sureste, hacia Texas, con destino al Viejo México.

Little did they know that just two miles to the north there were several sheep ranches. Also, many herds of wild mustangs roamed the mountains and prairies to the northeast. If they had only crossed one more hill just five more minutes away, they would have seen a large flock of sheep grazing in the valley under the watchful eye of a sheep-herder without a sheep dog. A sheep dog like Sweep would have been welcomed. Just a short way to the east of the sheep was a small herd of wild mustangs grazing at the other end of the valley.

Nunca se les ocurrió que, justamente a dos millas hacia el norte, hubiera varias haciendas ovejeras. Así mismo, muchas manadas de mustangs salvajes vagaban por las montañas y praderas hacia el nordeste. Si tan sólo hubiesen cruzado una colina más, justamente a cinco minutos de ahí, habrían visto un gran rebaño de ovejas pastando en el valle, bajo el ojo vigilante de un pastor sin perro pastor. Un perro pastor como Escoba habría sido bienvenido. Justo a un corto trecho al este de las ovejas, en el otro extremo del valle, había una pequeña manada de mustangs pastando.

Chapter 2

The Storm

Tornado and Sweep traveled for many days through Colorado and northern New Mexico. A thunderhead was building up in the northwest, and for the first time in a long time it looked like it could rain. They were nearing the Pecos River in east-central New Mexico when it started raining—not hard at first, just a light sprinkle.

Capítulo 2

La Tormenta

Tornado y Escoba viajaron durante muchos días hacia Colorado y el norte de Nuevo México. Una masa de nubarrones se estaba acumulando en el noroeste, y, por primera vez en mucho tiempo, parecía que iba a llover. Se estaban acercando al río Pecos, en la región centro-oriental de Nuevo México, cuando empezó a llover -no mucho al principio, sólo una llovizna.

The rain felt good to Tornado and Sweep, for it had been hot and dry. After a time, it started raining harder and harder until it was a downpour. The rain didn't feel so good anymore. Tornado and Sweep started looking for a place to take cover from the driving rain. They were in the wide open spaces, and there was no cover to be found.

La lluvia les sentó bien a Tornado y Escoba, ya que había hecho calor y había sequedad. Después de un rato, empezó a llover más fuerte hasta que caía una torrencial aguacero. La lluvia ya no les sentaba tan bien. Tornado y Escoba empezaron a buscar un lugar para guarecerse de la impetuosa lluvia. Estaban en sitios totalmente al aire libre, y no había donde guarecerse.

Finally in late evening, just before dark, it stopped raining. Tornado and Sweep found a bluff with some overhanging rocks about a mile west of the Pecos River. There was plenty of room for Tornado to walk under. Tornado said, "This will be a good place to spend the night."

Finalmente, al caer la tarde, justamente antes de anochecer, la lluvia cesó. Tornado y Escoba encontraron un farallón con unas rocas que sobresalían por encima, como a un kilómetro y medio al oeste del río Pecos. Había bastante sitio para que Tornado caminara debajo de la saliente. Tornado dijo:

-Éste será un buen lugar para pasar la noche.

Sweep answered, "Sounds good to me. At least we can keep dry if it rains any more."

Tornado and Sweep talked for a long time and were beginning to get sleepy when they noticed a flash of light. It wasn't bright and it didn't last long. Sweep asked, "What was that?"

"I don't know," Tornado replied.

They both stood and stared into the pitch black dark of night. There were no stars and no moon, and not a sound could be heard from any creature around. Then there was another flash of light. This time it was a little longer and lit up the sky a little more. Sweep said, "It looks like lightning. What do you think?"

Escoba contestó:

-Me parece bien. Por lo menos podremos estar secos si vuelve a llover.

Tornado y Escoba hablaron por bastante tiempo y estaban empezando a sentirse somnolientos cuando notaron un rayo de luz. No era brillante, y no duró mucho. Escoba preguntó:

-¿Qué fue eso?

-No sé -replicó Tornado.

Ambos se incorporaron y miraron fijamente la negrura de azabache de la oscuridad de la noche. No había ni estrellas ni luna, ni se oía tampoco ningún ruido de alguna criatura a su alrededor. Entonces vieron otro rayo de luz. Esta vez duró un poco más e iluminó el cielo un poco más. Escoba dijo:

-Parece un relámpago. ¿Qué crees tú?

"That would be my guess," Tornado replied.

In a few seconds it flashed again and then again. There was a terrible storm brewing back in the northwest.

Tornado and Sweep moved as far back under the cliff as they could get, not wanting to get wet again.

They could now see the lightning flash in the far-off distance and could hear faint rumbles of thunder.

-Eso me parece a mí también -replicó Tornado.

En unos pocos segundos resplandeció una y otra vez. Una terrible tormenta se estaba volviendo a formar hacia el noroeste.

Tornado y Escoba retrocedieron tanto como pudieron debajo del risco, para evitar mojarse de nuevo.

Ahora podían ver los rayos centellear en la lejanía, y podían oir débiles retumbos del trueno.

The storm was now stronger than ever. The wind blew so hard that the brush looked like it was lay-ing on the ground vibrating, and the lightning flashed and danced across the sky, cracking the sky open with its piercing shots of fire.

Ahora la tormenta estaba más fuerte que antes. El viento soplaba tan fuertemente que el monte parecía estar echado sobre la tierra vibrando, y el rayo centelleaba y bailaba en el cielo, abriendo grandes grietas con sus penetrantes disparos de fuego.

The rumble of thunder turned to loud booms that literally shook the ground. One bolt of lightning would no sooner start to dim until another would take its place. The ground shook from the constant rumble and clap of thunder. The sky blazed and flickered like a million lanterns in the clouds.

El retumbar del trueno se convirtió en estruendosos estampidos que, literalmente, estremecían la tierra. Un relámpago no acababa de extinguirse, cuando otro ya lo había reemplazado. La tierra se estremecía con el constante retumbar y tronar. El cielo resplandecía y titilaba como un millón de linternas en las nubes.

The lightning and thunder lasted for a long time, and then the rain came again. It was the hardest rain that Tornado and Sweep had ever seen.

By morning, the lightning and thunder had stopped, but it was still raining hard. Tornado said, "Let's stay under here until it stops raining. What do you say?"

"Sounds good to me," Sweep replied. So they stayed under the overhanging rocks until mid-afternoon when it finally stopped raining.

Los relámpagos y truenos continuaban por largo rato, y luego volvía a llover. Era la lluvia más inclemente que Tornado y Escoba habían visto jamás.

Por la mañana, los relámpagos y truenos habían cesado, pero aún llovía fuertemente. Tornado dijo:

-Quedémonos aquí abajo hasta que deje de llover. ¿Qué opinas?

-Me parece bien -replicó Escoba.

Así que se quedaron debajo de las rocas que sobresalían por encima del farallón hasta mediar la tarde, cuando por fin dejó de llover.

14

Chapter 3

The River

Tornado and Sweep headed for the Pecos River. It wouldn't be long now until they would be in Texas. When they reached the river, it was a raging fury.

Capítulo 3

El río

Tornado y Escoba se dirigieron al río Pecos. Ya no les faltaba mucho para estar en Texas. Cuando llegaron al río, estaba inconteniblemente agitado.

The downpour had caused the river to rise higher than it had ever been before. Tornado knew it was risky, but to get to Texas they had to cross.

Sweep said, "It looks mighty wild to me, Tornado. Do you think we can cross?"

"Sure we can," he answered. "Just jump in and start swimming. We'll end up downstream a way, but we'll make it all right."

El aguacero había hecho que el cauce se elevara a una altura inusitada. Tornado sabía que era peligroso, pero tenían que cruzarlo si querían llegar a Texas.

Escoba dijo:

-Me parece majestuosamente embravecido, Tornado. ¿Crees que podamos cruzarlo?

-Claro que podemos -contestó-. Sólo tienes que saltar y empezar a nadar. Nos empujará aguas abajo por un rato, pero lo lograremos sin contratiempos.

They waded in and started swimming. The strong current pulled them both to the middle of the river. The raging water tossed Sweep around and around. He tried to keep his head above water, but the turbulence kept pulling him under.

Arremetieron y empezaron a nadar. La fuerte corriente los impulsó hasta el centro del río. El agua picada hacía dar vueltas a Escoba. Trataba de mantener la cabeza fuera del agua, pero la turbulencia lo presionaba hacia abajo continuamente.

Sweep knew he was in trouble, and he was drowning. He hollered, "Tornado! Help! I can't make it." Tornado was struggling for his life. Fighting to keep his head above water, he hollered to Sweep, "Grab hold of my mane with your teeth."

Sweep was under the water and couldn't hear him. When Sweep's head came out of the water, he hollered, "HELP!" again.

And again Tornado said, "Grab hold of my mane with your teeth."

Sweep yelled, "I can't reach you!" Then he disappeared under the water again, but this time he didn't come up. Tornado looked around, but Sweep was gone.

Escoba sabía que estaba en aprietos, y que se estaba ahogando. Gritó:

-¡Tornado! ¡Auxilio! No puedo más.

Tornado estaba luchando por su propia vida. Esforzándose por mantener la cabeza fuera del agua. Le gritó a Escoba:

-Aférrate fuertemente de mi crin con tus dientes.

Escoba estaba sumergido en el agua y no lo escuchó. Cuando la cabeza de Escoba salió del agua, gritó nuevamente:

-¡AUXILIO!

Y nuevamente Tornado dijo:

-Aférrate fuertemente de mi crin con tus dientes.

Escoba dio un alarido:

-¡No puedo alcanzarte!

Entonces volvió a desaparecer debajo del agua, pero esta vez no volvió a flotar. Tornado miró a su alrededor, pero Escoba no estaba.

Tornado kept struggling and fighting, trying to reach the bank on the other side. The current was strong and Tornado was starting to wear down, and the bank was still a long way off. A picture of Sweep kept flashing through his mind as he struggled. Sweep was his friend. Tornado grew weaker and weaker, and finally he could fight no more. His body went limp, while the raging water swirled his body around and around.

Tornado continuaba luchando y esforzándose, tratando de alcanzar la orilla opuesta. La corriente era fuerte y Tornado estaba empezando a cansarse, y la orilla estaba todavía lejos de él. La imagen de Escoba continuaba viniendo a su memoria mientras luchaba. Escoba era su amigo. Tornado se debilitaba cada vez más, y finalmente no pudo esforzarse más. Su cuerpo se puso flácido, a medida que el agua embravecida remolineaba su cuerpo repetidas veces.

Just as Tornado raised his head above the water for one final gasp of air, his hoofs touched some rocks in the bottom of the river. The current had carried him to a shallow part of the river. With a new spark of hope, Tornado struggled to pull himself to the bank, where he collapsed.

Justamente cuando Tornado sacaba la cabeza del agua para tomar el último aliento, sus pezuñas tocaron unas rocas del fondo del río. La corriente lo había arrastrado a una parte poco profunda del río. Con un nuevo destello de esperanza, Tornado luchó por empujarse hasta la orilla, donde se desplomó.

The next morning at first light, Tornado awoke from his ordeal. He was weak, but he was alive. He was also young, and he would recover fast.

Again he thought of Sweep, his friend. He was saddened by his loss, but life goes on and now he must travel alone.

Tornado grazed and rested most of the day, trying to regain his strength before continuing his journey.

La mañana siguiente, a primera hora, Tornado despertó de su penosa experiencia. Estaba débil, pero vivo. Era joven y se recobraría rápidamente.

Nuevamente pensó en Escoba, su amigo. Se entristeció por su pérdida, pero la vida continúa y ahora debía viajar solo.

Tornado apacentó y descansó casi todo el día, tratando de recuperar sus fuerzas antes de proseguir el viaje.

The river made a sweeping bend back toward the east, so Tornado decided to follow along the river for a ways. As the sun started sinking below the plains, Tornado decided to spend the night near the river where there was plenty of lush, tender green grass.

Tornado usually slept standing up, but tonight he lay down because he was very weak and tired.

El río hacía una extensa curva al devolverse hacia el este, así que Tornado decidió seguir la orilla por un tramo. Como el sol empezaba a hundirse debajo de las mesetas, Tornado decidió pasar la noche cerca del río, donde había abundantes pastos verdes, tiernos y jugosos.

Tornado generalmente dormía de pie, pero esa noche se acostó porque estaba muy débil y cansado.

Tornado stretched out on the ground and fell into a deep sleep.

The sun was high in the sky when Tornado finally woke. He opened his eyes slowly and tried to remember what had happened. Then he remembered Sweep, his friend, had drowned in the river. Tears formed in Tornado's eyes as he wept for his friend.

Tornado se tendió en el piso y cayó en un profundo sueño.

El sol estaba en el cenit cuando Tornado por fin se despertó. Abrió los ojos lentamente y trató de recordar lo que había sucedido. Entonces se acordó de Escoba, su amigo, que se había ahogado en el río. Los ojos se le llenaron de lágrimas llorando por su amigo.

Tornado was now fully awake, and he felt something rubbing against his stomach. He raised his head and looked around. There was a black furry ball laying against his stomach. It reminded him of Sweep. Tornado yelled, "Sweep!" and he jumped to his feet. Sure 'nuf, there was Sweep curled up into a ball, asleep.

Ahora Tornado estaba bien despierto, y sintió algo que se frotaba contra su estómago. Levantó la cabeza, y miró a su alrededor. Había una bola peluda que yacía recostada a su estómago. Le recordó a Escoba. Tornado gritó:

-¡Escoba!

Y se incorporó de un salto. Efectivamente, ahí estaba Escoba, enrollado como una bola, dormido.

"Where did you come from?" Tornado asked. "I thought you were dead."

"I almost was," Sweep said as he stretched and yawned, trying to wake up.

"What happened? How did you get across the river? The last I saw of you, you disappeared under the water," Tornado stated.

"I held my breath for what seemed like forever, but I finally surfaced again and the current carried me to a gravel bar where the river turns back south, just a short ways downstream. After I rested, I started looking for you. I found where you had been grazing, and here I am," Sweep said.

-¿De dónde saliste? Pensé que habías muerto.

-Estuve a punto -dijo Escoba mientras se estiraba y bostezaba, tratando de despertar.

-¿Qué sucedió? ¿Cómo hiciste para cruzar el río? La última vez que te vi, habías desaparecido bajo el agua -afirmó Tornado.

-Yo contuve la respiración durante un momento que se me hizo eterno, pero por fin floté de nuevo, y la corriente me arrastró aguas abajo, hasta una barra de arena donde el río tuerce de regreso hacia el sur, por un corto trayecto. Después que descansé, empecé a buscarte . Encontré el sitio donde habías estado apacentando, y aquí estoy -dijo Escoba.

"I'm sure glad to see you," Tornado said.

"Thanks," Sweep replied.

Then Tornado said, "Let's go to Texas."

So Tornado and Sweep again headed for Texas.

-De verdad que estoy muy contento de verte -dijo Tornado.

-Gracias -replicó Escoba.

Luego Tornado dijo:

-Vayamos a Texas.

Así que una vez más Tornado y Escoba se dirigieron a Texas.

Chapter 4

A Herd of Mustangs

Tornado and Sweep had traveled for three days when they finally reached Texas. Tornado said, "Well, Sweep, we made it to Texas."

"How do you know we're in Texas?" Sweep asked.

Capítulo 4

Una manada de mustangs

Tornado y Escoba habían viajado durante tres días cuando, por fin, llegaron a Texas. Tornado dijo:

-Bueno, Escoba, logramos llegar a Texas.

-¿Cómo sabes que estamos en Texas? -interrogó Escoba.

"This is where I grew up. I know every watering hole and canyon around these parts," Tornado replied.

The next morning at first light Tornado and Sweep headed for Mexico. Mid-morning, Tornado and Sweep topped a small hill, and there in the valley below was a small herd of wild mustangs. It was only a small herd, seven horses in all.

-Aquí es donde crecí. Conozco cada charca y cañón en estos alrededores -replicó Tornado.

La mañana siguiente, a primera hora, Tornado y Escoba se dirigieron a México. A media mañana, Tornado y Escoba coronaron una pequeña colina, y, en el valle que se extendía abajo, había una pequeña manada de mustangs salvajes. Era sólo una pequeña manada: siete caballos en total.

Tornado let out a loud whinny, and all the horses raised their heads and looked at the great white stallion on top of the hill. Tornado reared and whinnied again, signifying his challenge to the leader. His challenge was not answered. Tornado stood atop the hill for a few minutes stomping, pawing, and nickering, impatiently awaiting a response to his challenge. Once again he reared and whinnied loud, and again there was no response to his challenge.

Tornado emitió un fuerte relincho, y todos los caballos levantaron la cabeza y miraron el gran semental blanco en la cima de la colina. Tornado se encabritó y relinchó de nuevo, dando a entender su desafío al líder. Su reto no fue aceptado. Tornado se paró en la cima de la colina por unos minutos, golpeando el piso, piafando y relinchando impacientemente, aguardando que aceptaran su desafío. Una vez más se empinó y relinchó fuertemente, pero no hubo ninguna respuesta a su reto.

Tornado charged down the hill to meet the herd. When he reached the herd, he found four mares, two spring colts, and one young buckskin stallion just barely a year old.

Tornado cargó, colina abajo, para enfrentar a la manada. Cuando alcanzó la manada, encontró cuatro yeguas a punto de parir sus potrillos, y un joven semental bayo de no más de un año de edad.

-JL-

The young buckskin stallion lacked the wisdom to rule a herd and offered no challenge or threat to the great white stallion who himself was only a little over a year old. But Tornado was the son of the greatest leader of all times. It was evident to all the horses that Tornado was a natural-born leader. After acquainting himself with all the horses, he ran back to the top of the small hill where Sweep was waiting and once again reared and whinnied loud, proclaiming his dominance over the small herd.

El joven semental bayo carecía de la sabiduría para dirigir una manada y no ofrecío ninguna amenaza o reto al gran semental blanco que, a su vez, tenía poco más de un año de edad. Pero Tornado era hijo del gran líder de todas las épocas. Era evidente a todos los caballos que Tornado era un líder natural. Después de conocerse con todos los caballos, corrió de regreso hasta la cima de la pequeña colina donde Escoba esperaba, y, una vez más, se empinó y relinchó fuertemente, proclamando su dominio sobre la pequeña manada.

Tornado watched over the herd from the nearby hills for the remainder of the day. At sunset he joined the herd and grazed with them until dark, while Sweep lay on top of the hill and watched.

Tornado vigiló la manada desde lo alto de las colinas cercanas por el resto del día. A la puesta del sol, se unió a la manada y apecentó con ellos toda la noche, mientras que Escoba estaba echado en la cima de la colina, y observaba.

Sweep felt sad even though he was happy for Tornado that he had found a herd of wild mustangs, but he had grown close to Tornado and would miss him very much. He knew that his quest would now be a lonely one, for he must make it alone. Sweep decided to stay on top of the small hill for the night and head out on his own at first light.

Escoba se sintió triste aunque se alegraba por Tornado, pues éste había encontrado una manada de mustangs salvajes, pero se había aficionado a Tornado, y lo extrañaría mucho. Sabía que su búsqueda ahora sería solitaria, ya que debía emprenderla por sí solo. Escoba decidió quedarse en la cima de la pequeña colina durante la noche, y partir solo a primera hora.

The next morning at first light, Sweep awoke. The herd was grazing in the valley below. Sweep made his way around the herd, staying out of sight. He didn't want to spook them. Even though Tornado knew him, the others didn't. Sweep finally made his way to the top of a small hill on the other side of the herd, where he lay and watched for a long time.

La mañana siguiente, a primera hora, Escoba despertó. La manada apacentaba en el valle allá abajo. Escoba tomó un camino alrededor de la manada, para no ser visto. No quería espantarlos. Aunque Tornado lo conocía, los otros no. Finalmente, Escoba tomó un camino hacia la cima de una pequeña colina, al otro lado de la manada, donde se echó, y los vigiló por un buen rato.

Then he headed down the back side of the hill in the direction of Mexico. As Sweep reached the bottom of the hill, he heard a familiar sound. It was a low nicker. As he turned, there was Tornado standing on top of the small hill. Tornado trotted down the hill. When he neared Sweep, he asked, "Where are you going?"

Entonces se dirigió hacia abajo, por la parte trasera de la colina, con dirección a México. Cuando Escoba llegaba al pie de la colina, oyó un sonido familiar. Era un relincho suave. Cuando volteó, ahí estaba Tornado, parado a la cima de la pequeña colina. Tornado bajó la colina trotando. Cuando se acercó a Escoba, preguntó:

-¿A dónde vas?

"Mexico, I reckon. That was our plan," Sweep answered. "By the way, how far is it to Mexico?"

"It's about five days straight south," Tornado answered.

"Where is the best place to look for sheep ranches when I get there?" Sweep asked.

"About three days south of the Rio Grande you will find several ranches. Some of them should have sheep," said Tornado.

"What is the Rio Grande?" Sweep asked.

"It's a river that divides Texas and Mexico," Tornado answered.

"Is the Rio Grande anything like the Pecos?" asked Sweep.

-A México, supongo. Ése era nuestro plan -contestó Escoba- a propósito, ¿cuánto falta para llegar a México?

-Unos cinco días siguiendo hacia el sur en línea recta -contestó Tornado.

-¿Cuál es el mejor sitio para buscar haciendas ovejeras, una vez llegue a México? -preguntó Escoba.

-A unos tres días al sur del río Grande, encontrarás varias haciendas. Algunas de ellas deben tener ovejas -dijo Tornado.

-¿Cuál es el río Grande? -preguntó Escoba.

-Es el río que divide a Texas y México -contestó Tornado.

-¿Es el río Grande parecido al Pecos? -preguntó Escoba.

"No, it's nothing to cross. It's wide but it's not deep or swift. I have waded it. It doesn't even come up to my belly," Tornado said.

Sweep said, "Well, it's been nice knowing you, and who knows, maybe we'll meet again one day." And with that, Sweep turned and headed south.

-JL-

-No, no cuesta trabajo cruzarlo. Es ancho, pero no profundo, ni tampoco es raudo. Yo lo he vadeado. Ni siquiera me llega a la panza -dijo Tornado.

Escoba dijo:

-Bueno, ha sido un placer conocerte, y quién sabe, quizá algún día nos volvamos a ver.

Y así, Escoba volteó, y se dirigió al sur.

Tornado said, "Good luck, Sweep, I will never forget you." Then Tornado whirled and raced to the top of the hill, where he reared high and whinnied loud, saying goodbye to the only friend he had ever had.

Tornado le dijo:

-Buena suerte, Escoba. Nunca te olvidaré.

Entonces Tornado dio varias vueltas rápidamente, y corrió hasta la cima de la colina, donde se empinó en toda su altura, y relinchó fuertemente, en señal de despedida al único amigo que había tenido.

Sweep traveled for five days, and on the evening of the fifth day, just like Tornado had said, there in front of him was the Rio Grande.

The sun was down and it would soon be dark, but Sweep wanted to cross the river and sleep in Mexico. So he swam the river and then found a place to sleep under a large mesquite tree near the river.

Escoba viajó por cinco días, y al anochecer del quinto día, exactamente como Tornado le había dicho, el río Grande se encontraba en frente de él.

El sol estaba muy bajo ya, y pronto estaría todo obscuro, pero Escoba deseaba cruzar el río y dormir en México. Así que cruzó el río nadando, y luego encontró un sitio para dormir debajo de un mezquite cerca del río.

The next morning when Sweep
awoke, he found himself laying
between two horse's legs. When he
looked up, he saw Tornado. Sweep
asked, "What are you doing here?
And where is your herd?"

A la mañana siguiente, cuando Escoba despertó, se encontró echado entre dos patas de caballo. Cuando levantó la vista, vio a Tornado. Escoba le preguntó:

-¿Qué estás haciendo aquí? ¿Y dónde está tu manada?

"I told them about you and that I couldn't let you go it alone—not after all we've been through together–and that I would come back after I help you find a herd of sheep," Tornado answered. "Oh, by the way, welcome to Mexico, Dog," Tornado added with a chuckle in his voice.

"Thanks, Horse," Sweep answered laughingly.

Les hablé de ti y les dije que no te podía dejar ir solo -no después de todo lo que habíamos pasado juntos-, y que yo regresaría después de que te ayudara a encontrar un rebaño de ovejas -contestó Tornado-. Oh, a propósito, bienvenido a México, Perro -agregó Tornado pronunciando las palabras con una risa entre dientes.

-Gracias, Caballo -contestó Escoba riendo.